Qoraa: Fadumo M Ibrahim
Soo Saarid: Tamartic Design Agancy

Anger & Fear

Cadhada
iyo
Cabsida

Iftiimi Mustaqbalka Ilmahaaga

Anger

Cadhada

Iska ilaalinta cadhada.

Preventing anger.

2

Maxaa kaa cadhaysiiya?

Waxaa iga cadhaysiiya waxy-
aalo badan, sida in waxayga la
iga qaato, in la i caayo ama la
i dilo.

What makes you angry?

 I get mad when people take
my things without my permis-
sion, or when I get assaulted,
or when I get hurt by others.

3

4

Anigu Markaan xanaaqo waalidkay ayaan u sheegaa. Waxaanna isku dayaa in aan fahansiiyo.

When I get mad, I let my parents know about it and understand it.

Kaddibna qofkii aan ku xanaaqay ayaan u tagnaa waanna ka hadalnaa waxaan dareemay.

Haddaan marwalba isku sheegno waxaan dareemaynno waxaa yaraanaya cadhada.

Then I go the person who made me angry and we talk about it.

If we talk about our feelings and share with others what makes us upset, our feelings of angry will go away.

Hadday cadhadu yaraatana dagaalka ayaa yaraanaya.

Markaa isku day in aad ka hadasho waxa kaa cadhaysi- inaya oo u sheeg waalidkaa.

If our anger is reduced, we will not fight with others.

Try your best to speak to your parents and tell them what makes you upset.

9

Wax walba waxaa lagu xallin karaa hadal. Ee iska ilaali cadhada.

Everything can be solved through discussion. Try to not be mad.

Fear

Cabsida

Maxaad ka cabsataa

What makes you scared?

Anigu waxaan ka cabsadaa mugdiga. Marnaba ma jecli in aan seexdo qolkayga oo madow.

Waalidkay waxay ii sheegeen in aan ka waynaan doono cabsida madowga qolka.

I get scared of darkness, and I can't sleep when the lights are off at night time.

My parents tell me that I will grow out of my fears.

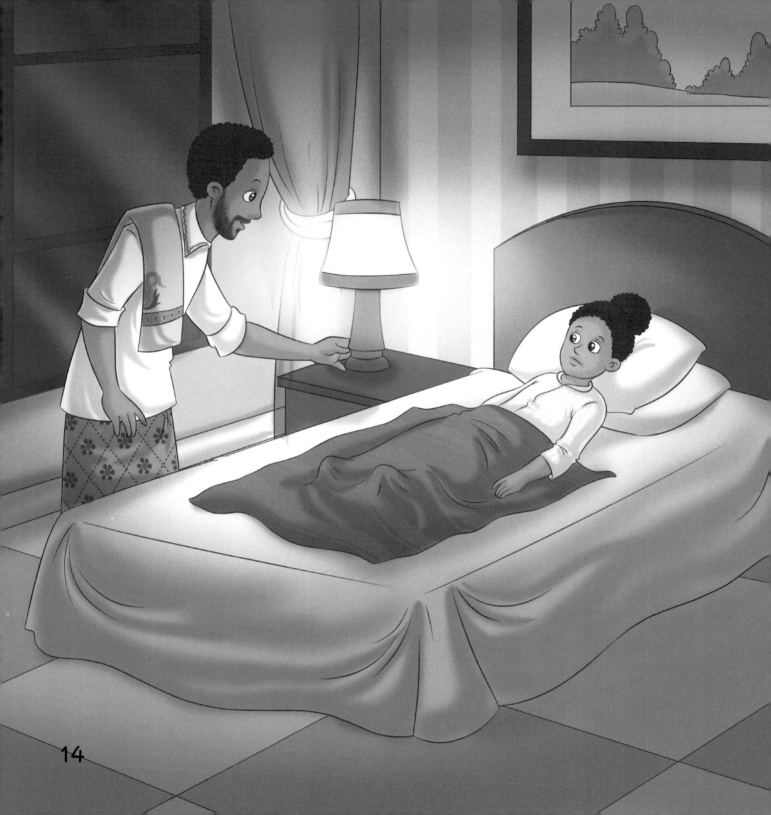

Imminka waxaan seexdaa iyadoo laydh khafiifa uu ii shidanyahay.

Qof waliba wax buu ka cabsadaa laakiin cabsidu waa wax qofka maskaxdiisa ku jirta oo laga waynaan karo.

Now I go to bed while there is a little light in my room.

Everyone has fears that we all have in our minds, but surely we will all grow out of it.

waxaad waalidkaa weydiisaa goortii ay cabsidu kugu bilaabantay iyo wixii sababay cabsidaada.

Markaad fahanto sababta waxaa dhici karta in aadan dib u cabsan.

If you have fears, ask your parents for support, just like I did when I started getting scared.

If you understand the reason why you are scared, there is a chance you might not get scared.

Markasta waalidkayga ayaan wayddiiyaa su'aalo badan si aan caawimaad u helo oo ay cabsidu iiga baxdo.

I always ask questions from my parents to find a way to not get scared anymore.

Sawiradan midabbee
Colour the pictures

Sawiradan midabbee
Colour the pictures

Sawiradan midabbee
Colour the pictures

24

B T J X KH

D R S SH DH

C G F Q K

L M N W H

Y

A E I O U

25

Weedhaha Ku Jira Buugan / Vocabulary:

Eray bixin: Fadlan kelmed kasta ku qeex hal kelmed oo Af-Ingriisiga ah oo la macne ah ama u dhiganta kelmedda Af-Soomaali ah

1-Cabsi	Fears	9-Fahanto	Understand
2-Lights	Nalka,laydhka	10-Sababta	Reason
3-Qolkayga	My bedroom	11-Markasat	Always
4-Majecli	I don't like	12-Cadhaysiiya	Makes you angry
5-Mugdi	Darkness	13-Dagaalka	Fights
6-Sleep	Seexasho	14-Isku day	Try your best
7-Bed	Sariita	15-Waynaan	Grow up
8-Qof waliba	Everyone	16-Waalidkay	My parents

Suaalaha Macalinka Waydiinaayo Ardayda:

1. Waa maxay Cadhada ?

2. Waa maxay cabsida?

3. Maxaa kaa cadhaysiiya?

Questions:

1. What is anger?

2. What does scared mean?

3. What makes you angry?

Maqal Iyo Dhagaysi:

Waxaad kala sheekaysataa ardayda oo aad wayddiisaa sawirrada buuggu leeyahay. Si aad u fahanto halka uu fahankoodu marayo.

Visual questions:

Ask the children about the pictures in the book. How does the picture look like? So you know how far they understood the story.

Caawimaad dheraad ah:

Caawimaad dheeraad ah oo aad carruurta u samayn karto.

Carruurta waxaad u dirtaa in ay qoraan wax yaabaha ka craysiiya ama cabsida u keena.

Extra help :

Extra help you can do for your child.

Send the children to write about what makes them angry or scared.

Bugaagtan Waa Buugaag Akhris Ah Oo Xanbaarsan Fariin Qarsoon.

Faaidooyinka aad ka helayso buugaagtan ayaa waxay tahay:

1. Marka uu yar yahay ilmaha ee lagu bilaabo akhris yaraannimo waxa u bartaa kalamada-ha uu isticmaalayo marka uu hadlayo.

2. Buugtan ayaa loogu talagalay in ay dhiirigaliyaan waslidka iyo ilamaha in ay wada fari-istaan oo ay wada akhriyaan.

3. Akhriska waxa uu ilmaha ka dhigaa in uu diyaar u noqdo, waxbarashada oo waxa uu ilma-ha galiyaa xiiso ah in uu wax barto.

4. Buugtan waxa ay soo bixi doonaan iyaga oo Lagu turjumay afaf kale.

These Books Are Reading Book With A Hint Message In It.

The Benefit Of This Books Are:

1. Early reading with the child will help to build the child's vocabulary in his/her mothertong.

2. Books are aimed to encourage parents to sit down with their children and to try toread them together.

3. It will also give the child attention to education as he is already used to read books.

4. Finally, there will be part of these books translated in other languages.

29

CREATED BY ILMO TEAM ©

M.zaylai@ilmoaqoon.com
F.ibrahim@ilmoaqoon.com
www.4ilmo.com

DESIGNED BY: TAMARTIC DESIGN

Hello@tamartic.com
www.tamartic.com
00252636777498

Second Edition 2020